AF472996

# THOMIRE,

## TRAGÉDIE.

Par M. le Chevalier DE LAURÉS.

*Prix 30 sols.*

A PARIS.

Chez ROBUSTEL, Libraire, quai de Gêvres, à la Victoire.

M. D.C.C. L.XIX.

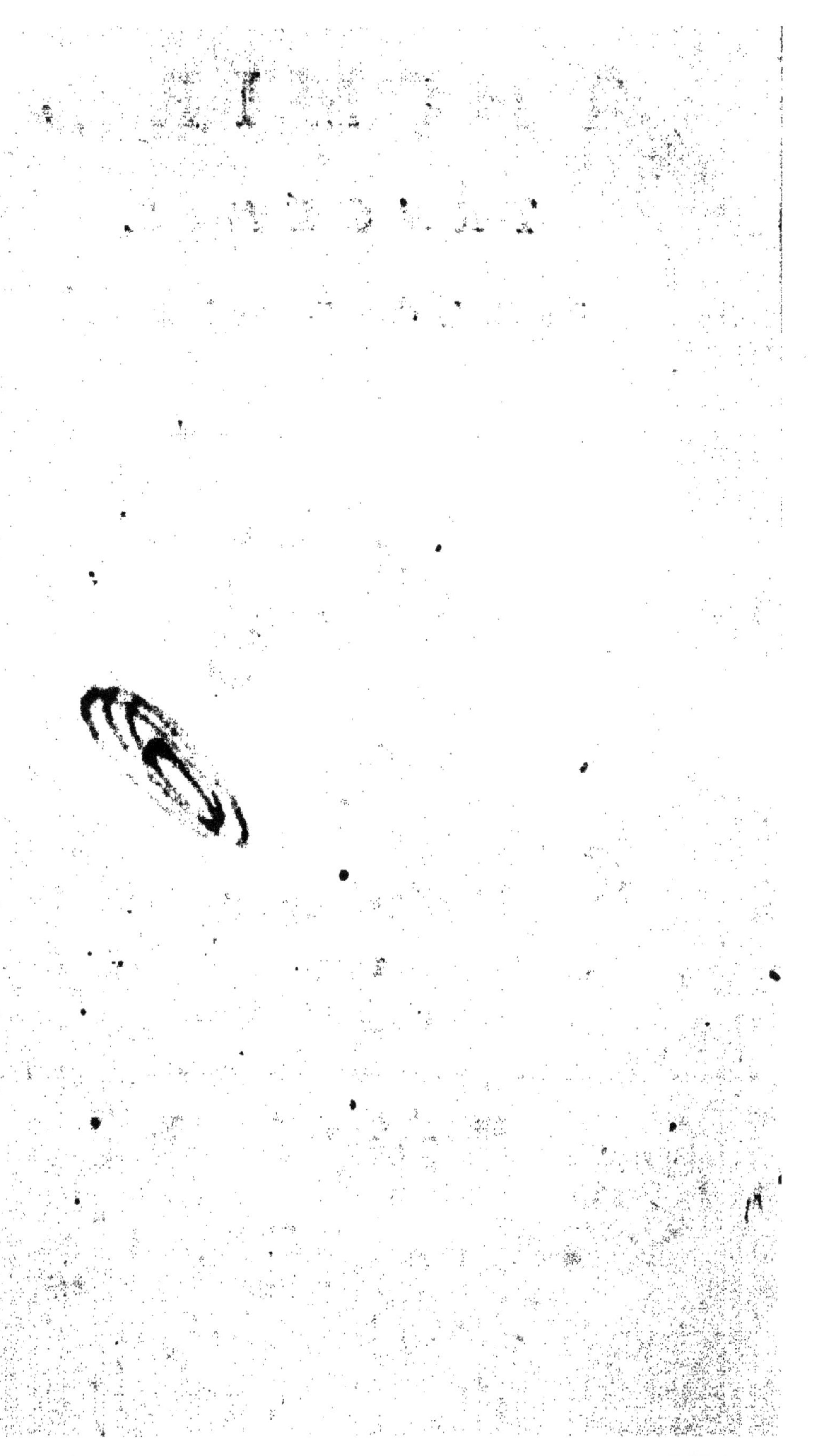

# PRÉFACE.

*Je m'étois proposé en composant cette Tragédie d'y crayonner deux caracteres qui, analogues aux talens de deux célébres Actrices les missent en opposition d'intérêts; je pensois que du choc de leurs passions, il naîtroit des mouvements qui tourneroient au plaisir du Spectateur: Mais cette piéce n'a pu obtenir l'honneur dangéreux de paroître au grand jour du Théâtre, la barriere de cette brillante lice m'a toujours été fermée; ceux qui veillent à sa garde se sont obstinés à me juger indigne de combatre sur cette noble arène: C'est sans doute, à la foiblesse de mes talens que je dois attribuer leur refus, & la prudence voudroit peut-être que j'ensévelisse dans un éternel oubli un ouvrage marqué du sceau de leur réprobation. Mais comment résister au cri de l'amour paternel? il me dit que ces Juges sont des hommes, & que tout homme peut se tromper; il me représente le public comme mon véritable Juge, & le seul infaillible; c'est donc à son tribunal que j'en appelle; je dois le craindre plus que tout autre, je sçais que ses décisions sont aussi sévéres qu'irévocables: mais du moins, il sçait gré des efforts qu'on à faits pour lui plaire, il examine avant de prononcer; il décide sur le dégré de plaisir qu'il reçoit & il donne à chaque Auteur la part des éloges que ses travaux lui ont mérité.*

# ACTEURS.

THOMIRE, fille de Meleagre, héritiere du Trône d'Etolie.

THOAS, frere de Meleagre, dépositaire de la Couronne d'Etolie.

ANTEONE, Princesse du sang, seconde femme de Thoas.

AMENOR, fils de Thoas & de sa premiere femme, cru fils de Nauplius Roi d'Eubée.

PHARSAME, Général des Troupes du Royaume d'Etolie.

AMINTAS, Seigneur Etolien.

GARDES.

---

La scène est à Calydon dans le Palais des Rois d'Etolie.

# THOMIRE,

## *TRAGÉDIE.*

## ACTE PREMIER.

### SCENE PREMIERE.

ANTEONE, PHARSAME.

PHARSAME.

OUI, Reine, après dix ans de travaux, de combats,
Ilion sous ses murs a vû périr Thoas;
Le bruit en rétentit dans l'Etolie entiére,
Et sa perte, du thrône accable l'héritiere.
Quand Thomire n'a plus l'appui de votre époux,
Le sceptre d'Etolie est pour jamais à vous.

Goûtés votre bonheur, ce fruit de l'Himénée
Dont l'amour enchaîna votre main fortunée.

ANTEONE.

L'amour ! Cette foiblesse est indigne de moi ;
Un plus grand intérêt d'Anteone est la loi :
Quoi ! dégradant mon cœur par de serviles flammes,
Moi ! Je ressemblerois à ce sexe, à ces femmes
Qu'un vain encens soûmet à leurs adorateurs !
Mon orgueil fléchiroit sous l'art de ces flatteurs
Tirans même à genoux des Reines enchaînées !
Non, des vœux plus hardis guident mes destinées :
C'est aux nobles transports des cœurs audacieux,
C'est à l'ambition, cette fille des Dieux.
Qui prête sa splendeur à ses attentats même,
Que je livre mes sens charmés du Diadême.
De mon premier soupir la grandeur fut l'objet,
Mon esprit pour regner forma plus d'un projet ;
Long-tems je poursuivis une chimére vaine,
L'occasion parut, je veillois, je fus Reine.

PHARSAME.

Mais ne fut-ce pour vous qu'un bienfait du hazard ?

Et cette occasion.....

ANTEONE.

Elle eût paru trop tard.
La foiblesse l'attend, l'audace la fait naître.
Pénétrés dans un cœur que vous voulez connaître.
Méléagre régnoit ; il meurt ; je ne dis pas
Quelle main au tombeau précipita ses pas.
Ce secret ténébreux sous sa cendre repose :
Mais de ma gloire enfin son trépas fut la cause.
Ce Roi prêt d'expirer, à son frere Thoas,
Venoit de confier sa fille & ses Etats.
Je saisis le moment & près du thrône née,
Pour franchir ses degrés j'invoquai l'himénée.
Thoas avoit perdu son épouse & son fils,
Je crus régner enfin si nous étions unis.
Bientôt, soit qu'à mon art s'étant laissé séduire,
Il prit pour de l'amour mon ardeur pour l'Empire,
Soit qu'il crût par nos nœuds mieux s'assurer de moi,
Sa main chercha la mienne & m'engagea sa foi.
Qu'il me charma ce jour témoin de ma conquête !
De mon couronnement il m'annonçoit la Fête,
Et je crus aux Autels étouffer sous mes pieds,

De Thomire au berceau les vains droits oubliés ;
Mais, ni de la grandeur l'attrait presqu'invincible,
Ni du thrône au néant la chûte si terrible,
Ne purent balancer aux yeux de mon époux,
Un enfant, seul rempart entre le sceptre & nous.
Je sçus attendre ; enfin Thoas marchant à Troye,
Ouvroit à ma fortune une rapide voie :
Il quittoit de l'Etat le dépôt important,
Je sçus pour l'obtenir fixer son choix flottant.
Il voulut des sermens, j'en fis, on peut le croire,
Hautement à Thomire, en secret à ma gloire.
Depuis ce tems je régne, il m'importe à quel prix ;
Mais plus mon rang me coûte, & plus je le chéris.

PHARSAME.

Dans Calydon soumis tout rassure Antéone,
La terreur par mes soins l'y garde & l'environne.

ANTEONE.

Au chef de mes guerriers je sçais ce que je doi,
Le soin de ma grandeur lui garantit ma foi.

Je parle ſans détour ; dépendans l'un de l'autre ;
Quand il vous faut ma main, j'ai beſoin de la vôtre.
Mais avant que l'Autel uniſſe nos deſtins,
Pharſame, il faut d'un traître arrêter les deſſeins.
Ce fatal Nauplius, ce tiran de l'Eubée,
Dont la haine jamais ne put être domptée,
Arme encore, nous menace & ſuſpend mes projets.

PHARSAME.

Quoi! ſon fils Hamenor, ce garant de la paix,
Que Thoas triomphant en reçut pour otage,
Oppoſe en vain ſes cris à ce nouvel orage !

ANTEONE.

Rien n'a pu contenir ce farouche ennemi ;
Son courroux renaiſſant n'eſt jamais qu'aſſoupi.
Dix fois de ſes fureurs il remplit l'Etolie ;
Thoas vit par ſa haine empoiſonner ſa vie.
De ſon premier hymen le ſeul & triſte fruit,
Par ce voiſin perfide, en naiſſant fut détruit.
Vous ne reſpiriés pas encor ſur ſes rivages ;
Vous a-t-on raconté nos pertes, nos outrages ?
Nauplius eut un fils que le ſort des combats,
Fit tomber accablé ſous les coups de Thoas :

A l'inftant l'Eubéen, que la vengeance enflamme,
S'avance, & de Thoas fait enlever la femme
Qui dans ces jours d'orage alloit chercher un port ;
Mais la douleur, l'effroi, l'impitoyable effort,
De ces bras inhumains qui la traînoient captive,
Eteignirent bientôt fa chaleur fugitive ;
Sur les bords de l'Eubée elle perdit le jour,
En donnant à Thoas ce fruit de leur amour,
Phanos, qui maffacré fur le fein de fa mere
Ne pût un feul moment confoler l'œil d'un pere.
De ce Héros bientôt les rapides fuccès
Forcérent Nauplius de demander la paix,
D'en donner un otage & de le rendre maître
De fon fils Aménor qui lui venoit de naître :
Vain otage ! Ce fils élevé parmi nous,
Jamais de l'Eubéen n'arrêta le courroux ;
La haine dans fon cœur étouffa la nature,
Nauplius aux traités, à fon fang fut parjure.
Cependant fur ce fils après cet attentat,
Thoas pouvoit venger fa famille & l'Etat ;
Mais toujours généreux, n'écoutant que la gloire,
Il punit l'Eubéen par une autre victoire ;

Et respecta toujours l'otage infortuné
Qu'on sembloit à ses coups avoir abandonné.
C'est pourtant sur ce fils devenu plus utile
Queje fonde aujourd'hui l'espoir d'un sort tranquille.

PHARSAME.

Qu'espérer d'Aménor proscrit, sacrifié
Et qui n'a pû d'un pere obtenir la pitié ?

ANTEONE.

Nauplius veut sans doute affermir sa puissance;
Il l'usurpa ; l'éclat d'une illustre alliance,
Le droit d'unir un jour deux sceptres dans ses mains
Lui ramenant les cœurs, rempliront ses desseins.
Pour servir de rempart à sa fureur jalouse
J'offre enfin à son fils Thomire pour épouse.

PHARSAME.

Thomire! Et de ces nœuds vous attendés la paix?
Ils vont de ces climats l'exiler pour jamais.
Vous armés l'ennemi que vous voulés détruire;
Quels titres effrayans que les droits de Thomire !

ANTEONE.

Nous devons écarter & la Princeſſe & lui ;
A ce grand intérêt je m'attache aujourd'hui.
Entre ces deux écueils mâ fortune preſſée,
De péril en péril par la crainte pouſſée,
N'écoute en ce moment que l'audace & mes vœux.
Ne ſongeons qu'à former ces liens dangereux.
Mais, ſi juſqu'à ce jour trop prudente peut-être,
J'ai laiſſé reſpirer la fille de mon maître,
Si j'ai craint mon époux & ce peuple inconſtant
Par reſpect pour le pere entre elle & moi flottant,
Croyés que je ſçaurai par un coup néceſſaire
Loin de ces Etats même unir la fille au pere.
Elle vient, laiſſés-moi contraindre ſa fierté
A fléchir ſous le ſort & ſous ma volonté.

---

## SCENE II.

THOMIRE, ANTEONE.

ANTEONE.

IL eſt tems de parler, écoutés-moi, Thomire ;

De mes desseins sur vous j'ai voulu vous instruire.
Par vos pleurs, vos soupçons, vos cris injurieux,
Vous irrités les cœurs, vous fatigués les Dieux;
De reproches amers votre bouche m'accable;
Je n'imiterai point cette haine implacable,
Je veux par mes bienfaits l'étonner aujourd'hui;
Vous tombés, & je viens vous prêter mon appui.

THOMIRE.

Votre appui !

ANTEONE.

Le tems fuit & le péril s'avance;
D'un injuste transport arrêtés l'imprudence,
Et craignés de troubler un discours important:
La foudre gronde encor sur l'Etat chancelant.
Oui, Madame, elle part de ces mêmes rivages
D'où j'ai vû contre nous s'élever tant d'orages,
Et jamais tant d'effroi ne dut nous agiter.
Du retour d'un époux pourrois-je me flatter?
C'est en vain qu'Amintas emporté par son zèle
A couru de sa perte éclaircir la nouvelle,
Il n'est plus; de nos vœux les songes imposteurs
Doivent après dix ans s'effacer de nos cœurs.

Cependant Nauplius que ma douleur reveille,
S'arme & s'élance au bruit qui flatte son oreille;
Vous sçavés quels revers sur Thoas & sur nous
Rassembla la fureur de ce voisin jaloux.
Thoas sçut s'en venger plus en héros qu'en pere,
Et son nom, le seul frein d'un voisin sanguinaire,
Pouvoit encor....

THOMIRE.

Eh bien, si le sort en courroux
A frapé ce héros, que me proposés-vous?

ANTEONE.

Pour soumettre à la paix l'Eubée & l'Etolie,
Je veux qu'un nœud puissant les rapproche & les lie:
Ce nœud, c'est votre hymen; il devient notre appui;
Je renvoye Amenor, & vous unis à lui.

THOMIRE.

A lui!

ANTEONE.

C'est cet époux que ma main vous destine;
Ce lien, de l'Etat préviendra la ruine.
Si la haine ou l'orgueil aveugloit Nauplius,

Si mes vœux essuyoient ses superbes refus,
A ce fier ennemi je veux que l'on annonce
Que la mort de son fils punira sa réponse.
Mais l'amour paternel me répond de son choix.
La nature effrayée acceptera mes loix.
Sans doute à ce projet votre cœur s'abbandonne,
Vous le devés ; l'Etat par ma voix vous l'ordonne.
Allés, Madame, allés, que le calme & la paix
Sur vos pas triomphans raménent leurs bienfaits,
Et qu'enfin les flambeaux de la guerre enchaînée
S'éteignent par vos mains aux pieds de l'hyménée.

THOMIRE.

Mandier un époux, moi fille de vos Rois!
Moi, fuir de mes Etats, le fruit de leurs exploits!
Et sur des bords cruels par la crainte jettée
Courir porter les nœuds d'une paix achetée!
O honte! Et ce sont-là, Madame, vos bienfaits?
Ils partent de vos mains, je vous y reconnais.
Mais d'où nait de vos vœux l'orgueilleuse espérance?
Avés-vous quelque droit sur moi, sur ma puissance?
Les Dieux ont-ils rompu ces sévéres liens

Qui me soumettent vous & les Etoliens ?
Suis-je votre sujette ou votre souveraine ?
De la couronne enfin si le poids vous entraîne,
Mon front plus assuré pourra la soutenir,
Ou je sçaurai du moins tomber sans la ternir.
Quoi! Le sang d'Etolus qui conquit cet Empire,
Ce sang dégénéré dans la foible Thomire,
Lui feroit préférer l'exil à des combats,
Un époux à son thrône & la honte au trépas!
Quels conseils! Ah! Plûtôt frappons qui nous outrage,
Armons-nous; le péril fuit devant le courage.
Rendés-moi mes sujets; ranimés à ma voix,
Ils puniront un traitre, ils vengeront mes droits.

ANTEONE.

Ne les reclamés plus.

THOMIRE.

Mes droits! Qu'osés-vous dire?

ANTEONE.

N'accusés que le sort.

THOMIRE.

Il m'ôteroit l'Empire!

ANTEONE.

Ou, Madame, le sort frappe, éleve à son gré.

Contre vous, dès longs-tems le ſort s'eſt déclaré.
Quel revers fut jamais plus marqué que le vôtre!
Vous tombâtes d'un thrône affermi par un autre.
C'eſt Thoas qui regna ſur l'Etat conſervé,
Il fut à lui ſans doute après l'avoir ſauvé.

THOMIRE.

Qu'entens-je? ces lauriers raſſemblés ſur ſa tête
Auroient pû devenir un titre de conquête!
Les exploits d'un ſujet dégagent-ils ſa foi?
Ses travaux & ſon ſang n'étoient-ils pas à moi?
Le ſort, ſi je vous crois, lui ſeul me perſécute,
Et dès long-tems ſa haine à préparé ma chûte;
Eh! quand m'annonça-t-il qu'arbitre de nos rangs,
Il alloit ſur ma tête élever mes tyrans?
Eſt-ce lui qui guida, dans l'ombre du myſtere,
La coupe du poiſon qui me ravit un pere?
Ah! c'eſt plûtôt le monſtre artiſan de ſa mort,
C'eſt lui qui me pourſuit, non Thoas ni le ſort,
Non Thoas dont en vain vous rapellés l'offenſe;
Je déplore ſon ſort, j'admire ſa conſtance;
Mais dois-je pour payer ſes pertes & ſes pleurs
Me punir des forfaits de ſes perſécuteurs?
Et deſcendant du thrône où le ciel m'a fait naître,

Y placer mon ſujet & me donner un maître ?
S'il meurt, faut-il encor, faut-il fléchir ſous vous ?

ANTEONE.

Oui, je régne, & tel fut le vœu de mon époux;
Dans mes mains devant vous il remit la couronne,
Sa valeur la conquit, ſon trépas me la donne:
Ses titres ſont les miens, ſa fortune, ſon choix
Conſacrent ma puiſſance & renverſent vos droits.

THOMIRE.

Thoas votre complice! O cendre infortunée,
O cendre d'un héros ſans pudeur profanée!
Ranime-toi, parois & prête à la vertu
Cette voix, la terreur du crime confondu.
Dans vos mains, dites-vous, il remit la couronne,
Sa valeur la conquit, ſon trépas vous la donne;
Pourquoi donc dicta-t'il ces ſermens ſolemnels,
Qu'à mes ſujets, qu'à moi vous fîtes aux Autels ?
N'y jurâtes-vous pas vous-même de me rendre
Ce rang dont m'éloignoit un âge encor trop tendre ?

ANTEONE.

Les promesses des Rois se conforment aux tems.
L'intérêt de l'Etat m'a rendu mes sermens ;
Il me couronne ici : Vous, Madame, en Eubée.

THOMIRE.

L'intérêt de l'Etat ! Vous seriés-vous flattée
De me dissimuler l'objet de votre effroi ?
Ce n'est point Nauplius ; c'est mon peuple, c'est moi,
C'est le droit immortel que donne la naissance.
Vos vœux pour éclater demandent mon absence.
De l'hyménée alors ralumant le flambeau ....
Mais non, il faut avant me plonger au tombeau ;
Mon tombeau, sous vos pieds peut seul fixer le thrône.
Je ne me flatte point, je connois Antéone :
Mais qu'elle craigne encor & le ciel & Thoas ;
Ce héros peut cacher la trace de ses pas.
Suscité par les Dieux, dans l'ombre & le silence,
Contre mes ennemis peut-être qu'il s'avance ;
Tremblés que tout-à-coup se montrant à vos yeux ....

ANTEONE.

Il viendroit reprimer vos cris audacieux.
Amusés vos fureurs de frivoles augures,
Mais écoutés les miens ; leurs promesses sont sûres.
Sans l'hymen dont frémit votre aveugle fierté,
Sans ces nœuds, entre nous, il n'est plus de traité.
Obéissés enfin ; ou juste, ou criminelle,
La fortune à changé, soumettés-vous comme elle.
Cette main s'ouvre encor pour verser les bienfaits,
Mais le moindre refus la ferme pour jamais.

---

## SCENE III.

THOMIRE, *seule.*

QUELS bienfaits, Dieux vengeurs ! Quand comblant son audace
De mon thrône usurpé ma sujette me chasse !
Quand sa superbe loi s'étend jusqu'à mon cœur ;
Quand elle en trouble encor la malheureuse ardeur !
Cher Amenor, ce cœur auroit-il pû prédire
Que

Que l'offre de ta main outrageroit Thomire !..
Que dis-je ? Osai-je encor faire éclater mes feux,
Pour un sang si funeste à ces bords malheureux ?
Mais Amenor paroît.... le trouble est dans son ame.
S'il m'aime, en me servant qu'il épure ma flame.

## SCENE IV.

THOMIRE, AMENOR *triste, consterné & qui s'avance d'un pas timide.*

THOMIRE.

APPROCHÉS, ne craignés ni plainte, ni mépris :
Mon cœur ne confond pas Nauplius & son fils.

AMENOR.

Me rassurer, Madame ! Ah ! D'un feu téméraire,
Mes malheurs m'ont trop dit quel sera le salaire.
Puis-je me déguiser que ce jour odieux
D'une tache de plus me flétrit à vos yeux ?
Quoi ! Brisant de la paix l'importune barriere,
Nauplius, des combats à rouvert la carriere !
Ainsi donc tout mon sang vous poursuit tour à tour ;

Le pere par la haine, & le fils par l'amour.

THOMIRE.

Mes plus grands ennemis ne ſont pas dans l'Eubée ;
Ils ſont dans mon palais où je ſuis enchaînée.

AMENOR.

Ah ! Je les réconnois ces tirans déteſtés,
Cette femme, ce chef des ſoldats révoltés ;
Mais du ſein des revers la vertu ſçait renaître.
Oſés braver le ſort, il changera peut-être.
Raſſemblons vos amis.

THOMIRE.

Ah ! Je les ai perdus.
Sous l'idole qui régne ils tremblent abattus.
Les lâches, autrefois adoroient ma fortune ;
L'intérêt porte ailleurs leur baſſeſſe importune.

AMENOR.

Eh quoi ! Tout vous trahit & moi preſqu'enchaîné,
Moi proſcrit, comme vous, des Dieux abandonné ;
Quand il faut vous ſervir, je ſuis ſeul & ſans armes !

Quand mon ſang doit couler, mon cœur n'a que des larmes.

THOMIRE.

Vous même cependant pourriés remplir mes vœux.

AMENOR.

Madame, il ſeroit vrai ! Par quel effort heureux ?
Ah ! Ne raviſſés pas à mon impatience,
L'image de la gloire où mon ame s'élance ;
Marqués, hâtés mes coups. Mais quoi ! Vous vous taiſés ?
Et déja l'eſpoir fuit mes ſens déſabuſés !
Votre cœur dans ſa haine à tous les deux funeſte,
Ne voit-il donc en moi que le ſang qu'il déteſte ?
Et redoutés-vous moins le fer ou le poiſon,
Qu'un ſervice flétri par l'horreur de mon nom ?

THOMIRE.

Ma fierté va céder, la gloire la ſurmonte.
Aprenés, prévenés le comble de ma honte ;
Aprenés quelles loix on oſe me dicter :
Sur mon thrône, à mes yeux c'étoit peu de monter ;
D'inſulter à mes droits, à la terre, au ciel même,
C'étoit peu, d'appeller Pharſame au rang ſuprême.

Pour raffermir ſon ſort chancellant devant moi;
Antéone prétend diſpoſer de ma foi.

AMENOR.

De votre foi, grands Dieux ! Tout mon cœur ſe déchire ;
De vous... Quel eſt l'hymen qu'on oſe vous preſcrire ?
Quel eſt ce choix affreux, cet époux fatal...

THOMIRE.

Vous.

AMENOR.

Moi! Madame, c'eſt moi ! Je ſerois cet époux!
Ah ! Je conçois l'horreur....

THOMIRE.

Je ne puis plus me taire,
Sans péril, ſans trahir la vengeance d'un pere.
Vos vertus, mon penchant, un inſtinct de bonheur,
Qui peut-être en ſecret m'attache à mon vengeur,
Cette infortune enfin qui d'un pere parjure,
Sur vos jours innocens fait rejaillir l'injure :
Tout entraîne mon cœur vainement retenu.

AMENOR.

Thomire, il se pourroit ! L'ai-je bien entendu ?

THOMIRE.

Avant de reclamer l'aveu qui vous étonne ;
Aprenés, Amenor, à quel prix je me donne :
Je veux que mon époux de mes fureurs épris,
Des mânes de mon pere ait appaisé les cris.
Je veux qu'il l'ait vengé des coups d'une Euménide,
D'Antéone ; elle seule osa ce parricide,
Elle seule ; ma haine, une secrette horreur,
A sa vûe, à son nom l'attestent à mon cœur.
Malgré son art, mes yeux ont démêlé son crime.
Jugés de mes transports par le sang qui m'anime.
Jugés par quels dégrés doit s'élever à moi,
Le téméraire amant qui prétend à ma foi.
Ce n'est point par des vœux, stérile & vain hommage,
C'est en brisant mes fers, en vengeant mon outrage.
Pour elle quel orgueil ! Quelle honte pour nous !
Si son ordre insolent me nommoit mon époux.
Sa victime tremblante, aux autels entraînée,
J'y flétrissois ma foi par la force enchaînée !
Amenor, est-ce ainsi que nous serions heureux ?

Notre hymen sera libre, il formera nos nœuds
Loin du joug des tirans, peut-être sur leur cendre.
Dans cette extrêmité, j'ose tout entreprendre.
A vous, à Nauplius je remets mes destins :
Il vient ; que ma vengeance arme seule ses mains,
Qu'il triomphe ; à mon front qu'il rende la couronne,
Je l'accepte pour pere & l'état lui pardonne.

AMENOR.

Oui, Madame, oui, mes soins vont hâter ses secours ;
Il recevra des Dieux le dépôt de vos jours ;
Tout son sang, s'il le faut, pour vous va se répandre ;
Je vais le réconnoître au soin de vous défendre.
Un pere, même injuste, est un Dieu pour son fils.
Mais quel Dieu bienfaisant, quand nous serons unis !
Quand mon cœur lui devra son bonheur & sa gloire !
O bien inespéré qu'à peine j'ose croire !
Ah ! Pour le mériter....

THOMIRE.

Prince, pour d'autres tems
Réservons ces transports des vulgaires amants.
Que nos cœurs aujourd'hui ne soient qu'à la vengeance.
Hâtés-vous, mais au zèle unissés la prudence ;
Et songés que j'attends ou le thrône ou la mort.

AMENOR.

Vos vœux sont mes sermens & l'arrêt de mon sort.

*Fin du premier Acte.*

# ACTE II.

## SCENE PREMIERE.

ANTEONE, PHARSAME.

ANTEONE.

PHARSAME, oui vainement je combats, je rejette
Ces fantômes confus d'une terreur ſecrette ;
Et malgré l'apparence & malgré ma raiſon,
Dans l'eſpoir le plus doux ils portent leur poiſon.

PHARSAME.

Quoi ! Reine, quoi ! Vous-même & tremblante & crédule,
Vous ouvrés votre oreille à ce bruit ridicule.
Vous croyés que Thoas ſorti du ſein de morts
Franchiſſant l'Héleſpont révole ſur ces bords ?
Laiſſés à ce vain peuple un eſpoir ſi frivole,
N'écoutés point l'erreur d'un ſonge qui s'envole.

ANTEONE.

La crainte écoute tout ; après mes attentats,

Dois-je ne pas frémir au ſeul nom de Thoas?
Je connois pour les loix ſa fermeté farouche :
La vengeance à la main, le reproche à la bouche,
Il viendroit contre moi leur prêter ſon appui ;
Il viendroit me forcer de ſervir avec lui.
Pharſame quel revers pour une ame hautaine,
Qui ſur un thrône ſeul ne ſe fixe qu'à peine !
Mais qu'apperçois-je ? O Dieux ! Qui porte ici ſes pas ?

PHARSAME.

Reine, quel nouveau trouble......

ANTEONE.

Eſt-ce vous, Amintas,
Eſt-ce vous que je vois ?

PHARSAME.

Amintas !

---

## SCENE II.

ANTÉONE, PHARSAME, AMINTAS,

AMINTAS.

Oui, Madame,
C'eſt moi, c'eſt le témoin des débris de Pergame,

Qui dévance un époux dont les soins empressés.:

ANTEONE.

Quoi ! Mon époux.....

AMINTAS.

Ces mots, par lui-même tracés,
Attestent son retour & le succès rapide....

ANTEONE.

Il suffit.

PHARSAME, *à part.*

Ce moment de ma grandeur décide.

---

## SCENE III.

ANTEONE, PHARSAME.

ANTEONE.

De quel trouble cruel mon cœur est agité !
Quel revers accablant ! Quel coup pour ma fierté !
Ta haine, Nauplius étoit moins redoutable.

PHARSAME.

Il est prévû, le coup n'est pas inévitable.

ANTEONE.

Voilà donc notre ſort !

PHARSAME.

Ce ſort dépend de nous.

ANTEONE.

Ouvrons : » Que ce billet ne ſoit vû que de vous.
» Apprenés mes ſuccès : Troye eſt enfin tombée,
» Et j'ai puni le tiran de l'Eubée ;
» Il vous livroit encor aux fureurs des combats ;
» Je l'ai ſurpris, vaincu, ſaiſi dans ſes états ;
» Mes ſoldats à grands cris demandoient ſon » ſupplice,
» Sur l'échaffaud ce monſtre à ſubi le trépas.
» Que ce jour me ſeroit propice.
» Si votre ambition n'empoiſonnoit mon ſort !
» J'ai retrouvé mon fils, mon fils que je crus » mort.

THOAS.

Son fils ! Quoi ? tous les morts du tombeau ſe déchaînent !
Je le vois cet abîme où les deſtins m'entraînent.
Thrône, jour, tout me fuit ; je perds & pour jamais,
Le prix de tant de ſoins, le prix de mes forfaits.

PHARSAME.

Quand un bras est levé pour frapper sa victime,
Tout pour s'en garantir n'est-il pas légitime ?
Le péril est pressant ; dans cette extrêmité,
N'écoutons que l'audace & la nécessité.

ANTEONE.

Pharsame, eh ! Quel espoir nous resteroit encore ?
Tu vas donc triompher, Rivale que j'abhorre ;
Et le bandeau Royal arraché de mon front,
Va couronner le tien & combler mon affront !
Epargne à mon orgueil cette honte éternelle.

PHARSAME.

Donnés-moi ce billet & comptés sur mon zèle.

ANTEONE, *lui remet le billet de Thoas.*

Quels seroient vos desseins ?

PHARSAME.

De tout oser pour vous.
Mais le plus foible ombrage est un écueil pour nous.
Guidé par les soupçons, par les cris de Thomire,
Amintas, s'il l'a voit, peut nous craindre & nous nuire.
Ses regards inquiets sur nos pas attachés

Pourroient, perçant la nuit de mes projets cachés,
Nous flétrir d'un affront peut-être irréparable.

ANTEONE.

Eh bien, s'il est à craindre il est assés coupable;
Qu'Amintas dans les fers soudain précipité,
Epargne à vos projets un éclat redouté.
Je vais en donner l'ordre.

PHARSAME.

Et moi par ma prudence,
Je sçaurai sans péril hâter votre défense.
Amenor vient, allés, & dans quelques instans
Je cours vous garantir le succès que j'attends.

---

## SCENE IV.

AMENOR, PHARSAME,

AMENOR.

SEIGNEUR, de ces transports que faut-il que je croye ?
Cet encens allumé, ces vœux, ces cris de joye,
Sont-ils de sûrs garants du retour de Thoas ?
Vivroit-il ? Qui l'arrête ? Et qu'à dit Amintas ?

PHARSAME.

Que me demandés-vous ? Ah ! d'une main funeste
Du voile officieux n'arrachés point le reste.
Trop sonder ses destins c'est souvent se punir.

AMENOR.

L'innocence est tranquille & craint peu l'avenir.
Du salut d'un héros aux Dieux je rendrois grace ;
Ce n'est point Amenor que son retour menace.

PHARSAME.

Et ce n'est pas à vous d'en rendre grace aux Dieux.
Reprimés, croyés-moi, des discours dangéreux.
Si d'un mot imprudent je repoussois l'atteinte,
Sans employer ici d'autre arme que la feinte,
Trompant un malheureux dans le piége engagé,
Par le sort qui l'attend, je serois trop vengé.
Mais à ce vil détour ma pitié se refuse ;
Elle ne voit qu'un fils que l'apparence abuse,
Qu'un mortel vertueux que l'opprobre poursuit,
Que le péril entoure & que l'erreur conduit.

AMENOR.

Quel peut-être ce fils, ce mortel déplorable,

Que le bonheur public, qu'un si grand jour accable ?

PHARSAME.

Tremblés de le connoître.

AMENOR.

O ciel ! Qu'entends-je ? Eh quoi !
Vos yeux, en frémissant se détournent de moi !
Irrésolu, troublé....quel sentiment vous touche ?
Quel secret retenu presse en vain votre bouche ?
Le fils de Nauplius.....

PHARSAME.

Mortel infortuné,
Osés-vous avouer de qui vous êtes né ?

AMENOR.

Rougir du sang des Rois ! Quel étrange langage !
Ah ! Ne me laissés point, par pitié, davantage,
Sur l'abîme entr'ouvert où je suis suspendu.

PHARSAME.

J'oserois vous porter ce coup inattendu ?
Non, l'affront est trop grand pour que je le révêle :
Que ne puis-je épaissir la nuit qui vous le cèle.

AMENOR.

Fatal retardement ! Pouvés-vous me laisser
Sous le poignard cruel dont je me sens presser ?
D'un suplice si long sauvés enfin mon ame,
Et donnés-moi la mort que ma doulcur réclame.

PHARSAME.

Qu'exigés-vous de moi ? Seigneur, vous le voulés ;
Vos terribles destins vont être dévoilés.
O barbare Thoas ! O déplorable pere !
O fils, dont la vertu fut si pure & si chere !

AMENOR.

Qu'allés-vous m'annoncer ? au milieu des combats
Mon pere a-t-il trouvé des fers ou le trépas ?

PHARSAME.

Au milieu des combats descendre dans la tombe,
C'est périr en guerrier, le plus brave succombe.
Mais devant ses sujets, un Roi par des bourreaux,
Traîné comme un brigand du thrône aux échaffauds !

AMENOR.

Ah ! c'est toi, c'est ton bras qui me traîne au supplice.

Quoi !

Quoi ! Thoas eût osé.... non, c'est un artifice;
Pour irriter mon cœur je conçois vos raisons.

PHARSAME.

Eh bien, n'écoutés plus, ingrat, que vos soupçons;
Accusés mes discours d'audace & d'imposture,
Immolés, sans regret, l'honneur & la nature.
Vous ne mérités pas que je daigne éclaircir,
Un doute qui m'offense & qui va vous punir.
Courés à ce héros si cher à votre attente,
Courés baiser la main de votre sang fumante.
Encensés votre idole & rampés à ses pieds;
Quels que soient vos affronts, vous les justifiés.

AMENOR.

Arrête, & prouve-moi cet outrage incroyable;
S'il étoit vrai ! connois ma haine impitoyable.
Dans les flancs du barbare, en proie à ma fureur,
J'irois chercher, j'irois lui déchirer le cœur.

PHARSAME.

(Lisés *)

(* *Il lui donne le billet de Thoas.*)

AMENOR.

Quels sont ces traits ? Quelle voix, à leur vûe
A tonné tout-à-coup dans mon ame éperdue ?
Lisons-lire....mon pere ! effroyable tableau !

Mon pere ! Un Roi périr sous l'infame couteau !
Ah ! Le fer sacrilege a passé dans mon ame.
Cruel Thoas !

PHARSAME.

Eh bien !

AMENOR.

Il mourra. Mais Pharsame,
Je veux que palpitant sous l'effort de mon bras
Il invoque la mort & ne l'obtienne pas.
Quand pourrai-je jouir des tourmens du barbare ?

PHARSAME.

Hâtés-vous, prévenés le coup qu'il vous prépare,
Sa sûreté, sa haine ont dicté votre arrêt.

AMENOR.

Oui, je le punirai, mon cœur, mon bras est prêt ;
Mais dans ce doux espoir le seul bien qui me reste,
Quel remords peu mêler un murmure funeste ?
Quoi ! J'éprouve le trouble & l'horreur des forfaits !
Ah ciel ! Pour le devoir les remords sont-ils faits ?

PHARSAME.

Pour bannir ces remords rappellés votre outrage ;
D'un pere si flétri retracés-vous l'image ;
Ces haches, ces bourreaux de son sang dégoûtans,
Sont-ils muets pour vous dans ces affreux instans ?

AMENOR.

Ne me reprochés point ce soupir de ma gloire.
Le fraper d'un poignard n'est pas une victoire.
D'un poignard ! Pourrés-vous y consentir, mon cœur ?
Quoi ! Je balancerois après que sa fureur....
Frapons, mais que ma main de ce meurtre flétrie
Dans mon sang aussi-tôt lave son infamie.

PHARSAME.

Des amis, s'il le faut, d'un bras fidele & prompt..

AMENOR.

Accepter des secours ! ce seroit un affront ;
Je dois, je veux goûter la vengeance suprême
D'abattre le tyran, de l'immoler moi-même.
Quel autre a droit ici de lui percer le flanc ?

D'en ravir à ma soif une goute de sang ?

PHARSAME.

Dans ce projet du moins soyons d'intelligence.
Laissés-moi sur vos pas appeller la prudence.
Sans usurper vos droits ; du lieu, du temps instruit,
J'applanirai la route où l'honneur vous conduit.
Thomire vient : cachés à son œil redoutable
Un dessein prévenu, s'il n'est impé[illegible].
Songés que vous allés renverser son [illegible]

AMENOR.

Thomire, c'est donc moi qui t'accable aujourd'hui !

---

## SCENE V.

THOMIRE, AMENOR.

THOMIRE.

AH ! Prince, ah ! quel vengeur le destin nous renvoie !
Sentés-vous comme moi le bonheur & la joie ?
Qui l'eût dit, qu'un appui, que je n'espérois plus,
Releveroit l'Empire & le sang d'Etolus ?

Qu'enfin.... mais quel accueil, & quel sombre silence!
Amenor m'entend-il, & suis-je en sa présence?
Dans ces regards contraints, sur ce front composé,
Je démêle un courroux vainement déguisé.
Quel présage! Du calme une image perfide
Auroit-elle abusé mon espoir trop rapide?
Dieux! Dans mon cœur tremblant le poison coule encor,
Et c'est, l'aurois-je craint? C'est par vous, Amenor!
Vous ne répondés point.... vous détournés la vûe!
Amenor fuit Thomire!

AMENOR.

O tourment qui me tue!
Ah! Madame, ah! Du moins n'accusés pas l'amour,
Ses cris mettent le comble aux horreurs de ce jour.

THOMIRE.

Que parlés-vous d'horreur? Et pourquoi ces allarmes,
Dans ce jour, le premier où je suspends mes larmes?

Le jour où je respire, où, pour me secourir ;
Du fonds de son tombeau Thoas semble accourir ?
Quand vainqueur, il me tend une main glorieuse ?

AMENOR.

Quelle main, Ciel vengeur, & quelle gloire affreuse !

THOMIRE.

Qu'entends-je ? Mon amant frémit de mon bonheur !
Il déteste la main de mon libérateur !
Quoi ! Vous osés, ingrat... Amenor, je vous aime,
M'irriter contre vous, c'est me punir moi-même.
Au nom des tendres nœuds dont nos cœurs sont unis,
Au nom de mes malheurs que je croyois finis,
N'accablés pas aussi ma vie infortunée.
Voyés quel Dieu préside à notre destinée ?
Thoas paroît, je régne, & mon thrône & ma main.....

AMENOR.

Ah ! Ne me flattés plus d'un si brillant destin,
Si vous sçaviés pour qui cette main se déclare !
Non, je n'y prétends plus, l'opprobre m'en sépare.

THOMIRE.

L'opprobre! Expliqués-vous, quel silence cruel!
Chaque mot dans mon cœur enfonce un trait mortel.
Vous vous troublés, j'entends votre cœur qui soupire.
Prince, vous avés donc des secrets pour Thomire!
C'est le prix d'un aveu qui vous sembloit si doux!
Et voilà le pouvoir, iugrat, que j'ai sur vous!

AMENOR.

De mes sens, par pitié, ménagés la blessure;
Thomire, laissés-moi, mon cœur vous en conjure;
Mon cœur qui vous adore & que vous outragés;
Mon cœur qui dans l'abîme où mes pas sont plongés,
Pour comble de douleur tremble encor pour vous-même;
Lui qui s'immoleroit pour sauver ce qu'il aime,
Et que la voix hélas! D'un Dieu fier & jaloux
Menace, si mon bras ne s'arme contre vous.

THOMIRE.

Amenor!

AMENOR.

O destin !

THOMIRE.

Quelle voix t'épouvante !
Quel inflexible Dieu t'arme contre une amante ?
Eh quoi ! N'entends-tu pas dans le fonds de ton cœur,
D'autre voix qui s'oppose à ce Dieu de fureur ?
Que t'ai-je fait ? Pourquoi serois-je ta victime ?
T'aimer, t'offrir ma foi, cruel, c'est mon seul crime !
Voudrois-tu m'en punir ?

AMENOR.

Je voudrois le tombeau.
Que ne puis-je à vos yeux arracher le bandeau ?
O devoir tyrannique ! O rigoureux silence !

THOMIRE.

Le devoir force-t-il de fraper l'innocence ?
Qu'est devenu ton zèle & de quoi te plains-tu ?
Quel funeste génie a flétri ta vertu ?
Parle.

AMENOR.

J'en n'ai trop dit & l'honneur en murmure ;
Je ne veux le trahir, ni vous être parjure.

Abattu sous le coup que je viens d'éprouver,
Il me dit que mon bras peut seul le relever :
C'est sa loi ; j'y souscris, mais en votre présence,
D'un triomphe pénible, il s'allarme, il s'offense ;
Je le suis, c'est à lui de conduire mes pas.
Plaignés-vous, plaignés-moi, mais ne m'accusés pas.

## SCENE VI.

THOMIRE, *seule.*

Il fuit, & dans mon cœur, en m'attestant qu'il m'aime,
Il laisse le poignard qu'il y plonge lui-même.
Quel Dieu m'éclairera dans ces sombres hazards ?
L'abîme m'environne & fuit à mes regards.
Mon esprit se confond, mille affreuses pensées
Y roulent par leur choc, tour-à-tour renversées.
Amenor me poursuivre ! Il leveroit sur moi,
La main qui dût s'armer pour obtenir ma foi !
Il menace, il gémit ; l'honneur, dit-il, l'appelle.
Thoas par quelqu'affront.. ? Mais quand ? Où ? Nuit cruelle !
Nuit, que mon œil errant brûle & craint de percer :

Pour voir un jour affreux par où dois-je avancer ?
Poursuis, sort inhumain, qui te plais à me nuire,
Sur ma vertu du moins tu n'auras point d'empire.
Ménageons les instans malgré mon peu d'espoir.
Concilions encor l'amour & le devoir.
Observons Amenor avec un soin extrême;
Mais veillons sur Thoas, sans trahir ce que j'aime.
Pour les défendre entr'eux je vais mettre mon cœur,
Les sauver l'un de l'autre ou mourir de douleur.

*Fin du second Acte.*

# ACTE III.

## SCENE I.

THOAS, ANTEONE, GARDES.

ANTEONE.

POURQUOI vous offenser de ces transports de joie,
Que la reconnoissance autour de vous déploie :
Pourquoi rejettés-vous cet encens & ces fleurs ?

THOAS.

Madame, pour les Dieux réservés ces honneurs.
Ecartons loin de nous un orgueil qui les blesse.
Je ne suis qu'un mortel, je connois ma foiblesse.
Cet encens, ces lauriers, pour Thoas sont-ils faits ?
Le sort m'a vendu cher ses volages bienfaits.
Ma gloire flotte encor sous sa main incertaine.
De revers, de succès quelle rapide chaîne !
Abattu, presqu'aux fers, par un heureux retour,

De ma chûte au triomphe élevé dans un jour ;
J'ai vû dans Ilion, cette cité si fiére
J'ai vû des Grecs vengés la fureur meurtriere.
(Dot sanglante d'Hélene & digne de Pâris)
Ensevelir ses tours sous d'immenses débris :
Sa cendre, dans les airs par les vents dispersée,
Parcourt le vaste champ de sa splendeur passée.
La vengeance a rompu cet hymen abhorré,
Ce nœud, par la discorde, à la mort consacré.
Au milieu des flambeaux, aux cris des Euménides,
C'est ainsi que les Dieux confondent les perfides.
Craignés ces Dieux, Madame, ils ont guidé mes pas,
S'ils suspendent leurs coups, ils ne pardonnent pas.
Vous m'entendés : vos yeux que trahit leur contrainte
Décélent vos remords, ou du moins votre crainte ;
Cette crainte est tardive, elle eût dû prévenir
Le retour d'un époux forcé de vous punir.
Qu'ai-je appris ! Sous quel joug retrouvai-je l'Empire !
Madame, vous régnés quand Thomire respire !

ANTEONE.

Ah ! sur votre retour abusés par l'espair

Mes vœux, de jour en jour ont trompé mon devoir.
Au bruit de vos malheurs, éplorée, incertaine,
Je consultois les Dieux, je conjurois leur haine,
J'attendois.... mais enfin vous revenez vainqueur,
Respirés un moment dans le sein du bonheur.

THOAS.

Sous le joug un moment, moi, laisser ma patrie!
Pensés-vous colorer l'orgueil qui l'a flétrie?
Quels prétextes! Des vœux, des prestiges d'espoir
Auroient-ils si long-tems trompé votre devoir!
Vous consultiés les Dieux! Sur quoi? Sur quels obstacles?
Le zèle, le devoir ont-ils besoin d'Oracles!
De cette même main parjure à vos sermens
Osiés-vous aux autels présenter votre encens?
Quittés de ces détours l'inutile réfuge;
Songés que par ma voix c'est l'état qui vous juge;
Qu'en ministre fidéle & non pas en époux,
Il me faut prononcer entre les loix & vous;
Qu'il faut un frein au crime & que j'en dois l'exemple.
Mais avant votre arrêt, allés, & dans le temple,
En présence du peuple, à son devoir rendu

Déposés un pouvoir qui ne vous est pas dû ;
Et pour rendre les Dieux à vos remords propices,
Faites fumer l'autel du sang des sacrifices.

ANTEONE.

Oui, le sang, par mes soins va couler dans l'instant,
La victime est marquée & le Prêtre l'attend.

THOAS.

Je vous suis.

ANTEONE.

Mais pourquoi ne vois-je point paroître
Ce fils que sur vos pas le ciel a fait renaître ?
Mon cœur impatient le demande à mes yeux.

THOAS.

Vous le verrés, Madame, allés fléchir les Dieux.
Que le peuple s'assemble & que le diadême
Soit au front de Thomire attaché par vous-même.

ANTEONE.

Je cours, je cours remplir un important devoir,
Fortune, (*à part*) Tu m'entends, couronne mon espoir.

*Elle sort.*

THOAS, *aux Gardes.*

(*Au Capitaine des Gardes*).

Qu'on appelle Amenor, & vous, qu'on se retire.

## SCENE II.

THOAS, *seul.*

QUEL forfait obscurcit le jour que je respire!
Il m'imprime sa honte, il empoisonne, hélas!
L'instant même où mon fils va passer dans mes bras.
Voilà donc cet espoir dont s'enivroit mon ame!
Quoi! Pergame à mes yeux disparoît sous la flâme,
Je reviens, je surprends, je combats Nauplius;
Le tyran voit bientôt ses projets confondus,
Il fuit & dans l'Eubée où la terreur l'entraîne
Sa perfidie enfin subit sa juste peine.
Le prix le plus heureux couronne mes travaux.
Sous le nom d'Amenor je retrouve Phanos.
Et quand mon cœur m'appelle à la terre chérie,
Qui me rend une épouse, un fils, une Patrie,
Le bruit d'un attentat déja trop attesté
Détourne de ces bords mon œil épouvanté.

THOMIRE,

J'arrive & je ne vois dans ce Palais coupable;
Que des fronts déguisés que ma présence accable.
Muette à mes regards, tremblante devant moi,
Thomire même, ô dieux! redouble mon effroi.
Ah! Phanos, ah! mon fils, à qui dans ma misere,
Je n'ose qu'en secret ouvrir les bras d'un pere.
Viens, que par tes regards mon sort soit adouci,
Trop heureux que le tien ne soit pas éclairci!

---

## SCENE III.

THOAS, AMENOR, PHARSAME.

PHARSAME, *à Amenor.*

Le voilà seul.

AMENOR, *un poignard à la main.*

Frapons.

THOAS, *se croyant seul.*

Ah! Juste défiance!

PHARSAME, *en rentrant dans la coulisse.*

Je le veux observer.

AMENOR,

AMENOR, *à part.*

J'hésite, je balance !

THOAS, *se croyant seul.*

Qu'elle épargne de maux à mon cœur effrayé !
O jour, ô jour fatal !

AMENOR, *à part.*

Fuis, indigne pitié !

THOAS, *se croyant seul.*

Que de glaives levés ce palais me présente !

AMENOR, *s'avançant, mais d'un pas irrésolu.*

Presse mon bras tremblant, ombre chère & sanglante !

---

## SCENE IV.

*les mêmes,* THOMIRE.

THOMIRE, *sans appercevoir Amenor.*

THOAS, enfin je puis...

AMENOR, *à part.*

Quoi ! Thomire ! O destin !

THOMIRE, *appercevant Amenor.*

Amenor !

THOAS, *se retournant.*

Un poignard ! Dieux ! Lui mon aſſaſſin !

PHARSAME, *s'élançant ſur Amenor & lui arrachant le poignard.*

Ah! Lâche! Que fais-tu? Meurs, toi-même perfide.

THOAS, *courant à Pharſame.*

Arrête !

PHARSAME, *à Thoas.*

Laiſſés-moi fraper ce parricide.

THOMIRE.

Je me meurs.

THOAS, *ôtant le poignard des mains de Pharſame.*

Non, je veux répondre à ſa fureur
Par un plus grand ſupplice ; il ſera dans ſon cœur.

AMENOR, *après avoir jetté un coup d'œil d'étonnement ſur Pharſame.*

Quoi ! Vous ... Oui, mon trépas n'eſt que trop légitime,
Quand je n'ai pas oſé le punir de ſon crime..

THOAS.

De quel crime ?

AMENOR.

Tu peux le demander encor ?
Interroge ta haine & le sang d'Amenor.
Sur mon front rougissant d'un immortel outrage,
De mon pere flétri, ne vois-tu pas l'image ?
L'image du supplice où son fils est lié ?

THOAS.

Je vois un fils cruel, mais digne de pitié.

AMENOR.

Dis plutôt de son sort, puisque tu vis encore.
Viens, accorde la mort à mon cœur qui s'abhorre.
Frape, délivre-moi de ce jour odieux,
Que l'échaffaud d'un pere ensanglante à mes yeux.

THOMIRE.

Dieux !

AMENOR.

Viens.

THOAS.

Qui ? Moi !

AMENOR.

Tu crains de m'arracher la vie;
Ta haine a bien osé la couvrir d'infamie!
Tu vis, ce bras tremblant m'a refusé ta mort:
Jouis de ma foiblesse & des droits du plus fort,
Tu les connois.

---

## SCENE V.

*les mêmes,* ANTEONE, *ouvrant les portes de l'appartement.*

ANTEONE.

QUE vois-je!

THOAS.

Eh! c'est vous, Anteone!
O Dieux! La trahison, le meurtre m'environne.
Sans Thomire, l'ingrat alloit percer mon sein.

ANTEONE.

Lui!

PHARSAME.

Ce traître.

AMENOR, *à part.*

Ah! c'est moi qu'accable le destin.

THOAS, *à part*

Où suis-je ? Quel soupçon ! O ciel ! Sers-moi de guide !...
Hola, Gardes.

## SCENE VI.

*les mêmes*, GARDES.

THOAS, *aux Gardes d'un ton froid & réfléchi.*

Aux fers qu'on traîne ce perfide.

AMENOR, *après avoir jetté un coup d'œil sur Anteone & sur Pharsame.*

Allons, malgré ma honte & ton fatal pouvoir
Des mortels outragés j'emporte encor l'espoir.
( *à Thomire.* )
Un seul regret me reste, hélas !.. Adieu, Princesse.

## SCENE VII.

THOMIRE, THOAS, ANTEONE, PHARSAME.

THOMIRE.

Quels funestes adieux ! Dans quel trouble il me laisse !

C'est moi qui l'ai livré, c'est moi-même, Amenor....
Je ne m'en repens pas, je le ferois encor.
Mais, Thoas, pardonnés à mon ame éperdue;
Je sors, je dois cacher mes pleurs à votre vûe.

## SCENE VIII.

THOAS, ANTEONE, PHARSAME.

THOAS.

QUELS soupçons! Dans son cœur si j'ai sçu pénétrer,
L'amour y gémissoit.

ANTEONE.

Il y doit expirer.
La haine en l'étouffant, de la honte y doit naître;
Je ne soupçonnois pas son penchant pour le traître.

THOAS.

Quel espoir de vengeance a-t-il fait éclater!
Quel secours dans les fers peut encor lui rester?

PHARSAME.

Seigneur, loin d'écouter une impuissante rage,

Dans ſes flancs déchirés repouſſés votre outrage.
Nauplius vit encor dans un fils ſi cruel,
Epuiſés de ce ſang le reſte criminel.

ANTEONE.

Oui, que ſoudain la mort déchire ſa victime,
Que de vos triſtes jours le flambeau ſe ranime.
Heureux enfin....

THOAS.

Heureux ! Le ſerai-je jamais !

ANTEONE.

Portés dans l'avenir des yeux plus ſatisfaits.

THOAS.

Mes yeux n'oſent s'ouvrir, la clarté les effraie ;
Je crains, en la ſondant, d'approfondir ma plaie.
Contre tant de revers ai-je aſſés de vertu ?
Par le ſoupçon pouſſé, par l'effroi combattu...
N'importe, oſons fixer ma vague inquiétude :
Quel ſort eſt plus affreux que mon incertitude !
Et ſi je puis percer des projets inhumains,
Malheur à qui mettra la vengeance en mes mains.

## SCENE IX.

PHARSAME, ANTEONE

ANTEONE.

Vous l'avés entendu, le péril est extrême.

PHARSAME.

Je suis libre, mon sort dépendra de moi-même.
Mes soins à votre gloire ont lié des amis
Plus dévoués, plus sûrs que ce timide fils.

ANTEONE.

Il sçait notre secret, sa perte est nécessaire.
Que ne trahit-on pas, quand on trahit un pere!
Ce secret, des tourmens pourroit-il triompher?
Que dans son cœur sanglant on coure l'étouffer.

PHARSAME.

L'ingrat peut nous servir, s'il peut encor nous nuire;
Nous devons à propos l'armer ou le détruire;
Et brisant ses liens, selon nos intérêts,
En faire l'instrument de nos desseins secrets;
Mais il nous faut de l'art: sa fatale imprudence
A trop marqué le nœud de notre intelligence;

Un regard d'Amenor, son espoir menaçant,
Ses adieux ont frapé votre époux pâlissant ;
Aux craintes, aux soupçons ils ouvrent la carriere,
Et la moindre clarté conduit à la lumiere.
N'en doutés point ; nos vœux, nos pas sont dévoilés,
Sous nos propres projets nous tombons accablés ;
Une amante, un époux, un peuple nous menace.
De ces cœurs ulcérés n'espérons point de grace.
Si la force à la main ils dictent notre arrêt,
Nous sommes condamnés & l'échaffaud est prêt.
Mais si mon bras plus prompt s'arme & prévient leur foudre,
Le thrône nous attend, il sçaura nous absoudre.

ANTEONE.

Méritons-le ; va, suis ton généreux dessein.

PHARSAME.

Eh bien, vous régnerés ; c'est l'ordre du destin ;
Ce jour fixe pour vous la couronne flottante,
Ce jour vous asservit cette terre sanglante.
Craignés peu ces guerriers qui marchent sous Thoas,
Foible reste échappé des flots & des combats.
Vos ennemis qu'ici la fortune rassemble,

L'un sur l'autre entraînés vont s'écraser ensemble.
Ah ! que ne puis-je encor dans les mêmes hazards
Envelopper ce fils qu'on cache à nos regards ;
Ce fils mystérieux, dont la mort démentie....
Mais sa vie est un crime, il faudra qu'il l'expie.
Le tems presse, je cours par l'éclat du succès
A votre impatience annoncer mes projets.

## SCENE X.

ANTEONE, *seule.*

OUI, le crime me rend le crime nécessaire.
Moi, de tant de travaux je perdrois le salaire !
Je verrois par foiblesse & par un vain effroi,
Renverser en un jour & mon ouvrage & moi !
Ma chûte éleveroit l'odieuse Thomire !
Et je m'arrêterois quand je puis la détruire !
Non, que plutôt ces murs par mes mains ravagés
Soient vuides d'habitans l'un par l'autre égorgés.

*Fin du troisiéme Acte.*

# ACTE IV.

## SCENE I.

THOAS, AMINTAS.

THOAS.

C'ÉTOIT donc-là le prix du zèle qui t'anime,
Des outrages, des fers, le partage du crime!

AMINTAS.

Ah! Que n'a-t-on plutôt, en me perçant de coups,
Assouvi la fureur qui m'allarme pour vous!

THOAS.

Ciel! A peine échappé du poignard parricide,
Me faut-il craindre encor une main plus perfide!
Pourquoi m'ont-ils guidé sur les gouffres des mers;
Que ne me laissoient-ils fuir ma honte aux enfers,
Ces Dieux dont mon erreur imploroit l'assistance?

AMINTAS.

Ils sembloient en effet après dix ans d'absence,
Sur ces bords désirés fixer vos pas heureux.

THOAS.

Que n'ont-ils, Amintas, été sourds à mes vœux !
Dans le moindre revers contre leur tyrannie
Notre fiére douleur pousse une voix impie ;
Tandis que ce revers, mystérieux bienfait,
De leur pitié pour nous est le plus tendre effet !

AMINTAS.

Que vous frapés mes sens d'une atteinte cruelle !
Je puis mourir du moins pour vous prouver mon zèle.

THOAS.

Ces Guerriers qui vingt ans ont vaincu sous mes pas,
Sanglants, percés de coups ne me trahiront pas.
Par mes ordres déjà leur troupe ici s'avance :
Mais avant d'éclater, employons la prudence.
Je veux que les remords d'un fils désabusé,
D'un fils par mon amour dans les fers déposé,
Eclairent des complots que j'ai trop lieu de craindre.
Qu'il m'a fallu tantôt d'effort pour me contraindre !

Pour arrêter mon cœur qui crioit à mon fils !
Ami, son nom encor trompe nos ennemis ;
J'espére tout des Dieux, j'implore leur justice ;
Mais s'ils veulent enfin qu'aujourd'hui je périsse,
A mon fils malheureux il ne reste que toi.
Prends soin de ce dépôt que je laisse à ta foi,
Dérobe à mes bourreaux cette tendre victime,
Hélas ! ils ont tourné ses premiers pas au crime;
Leur art insidieux à son œil prévenu,
A fait d'un meurtre infame un acte de vertu.
C'est mon espoir, du moins il adoucit ma peine.
Il faut l'interroger, qu'à mes yeux on l'améne.

AMINTAS.

Fiés-vous à mes soins, en tout tems, en tous lieux :
Obéir à Thoas, c'est obéir aux Dieux.

---

## SCENE II.

THOAS, *seul.*

DÉPLORABLE instrument d'une haine immortelle !
Malheureux, dont la main à ses vœux trop fidéle.

Semble ſe ranimer & ſortir du tombeau,
Pour venir ſur ton pere enfoncer le couteau !
Je vais en ce moment, dans ton ame étonnée,
Faire paſſer l'horreur de notre deſtinée ;
Je vais d'un jour affreux éclairer tes eſprits,
Et t'accabler des noms & de pere & de fils.
Le voilà ! Quels combats ! Une ſecrete chaîne
Par des nœuds oppoſés me retient & m'entraîne!
Mon cœur eſt éperdu ; tour à tour malgré moi,
Il vole vers mon fils, il recule d'effroi....
Tourne ici tes regards, ingrat, viens les repaître
Des maux que tu m'a fait & que tu veux ac-
croître.

## SCENE III.

THOAS, AMENOR, *enchaîné.*

AMENOR.

QUELLE voix ! Quel objet ! Ah ! Tiran, qu'at-
tends-tu ?
D'où vient que mon arrêt eſt encor ſuſpendu ?
Ta fureur ſi long-tems peut-elle être aſſoupie ?
Eſt-ce ta cruauté qui prolonge ma vie ?
Et d'un trépas trop prompt m'enviant le ſecours
Es-tu pour leur ſupplice avare de mes jours ?

THOAS.

Un cœur nourri de fiel, un cœur de ſang avide,
Qui prend pour Dieu la haine & pour loi l'homicide ;
Un traître qui ſe venge en flétriſſant ſon bras,
Et qui n'oſe tenter que des aſſaſſinats,
S'étonne d'un effort qu'il ne ſçauroit comprendre :
Mais il eſt d'autres loix, il eſt un Dieu plus tendre :
La nature.... ſes nœuds auſſi doux que ſecrets
Excitent la pitié, l'arment des plus beaux traits ;
Elle excuſe, elle plaint le coupable qu'elle aime,
Et dans notre ennemi voit un autre nous-même.

AMENOR.

Oſes-tu réclamer la nature & les loix,
Toi, dont l'impiété les brave dans les Rois ?
Toi, le barbare auteur du deſtin qui m'accable,
Toi, qui teint de mon ſang en es inſatiable ?
Quand tu m'as tout ravi, couronne, pere, honneur,
Tu parles de pitié ! Quel langage impoſteur !

THOAS.

Et ſans cette pitié que tu veux méconnoître
Aurois-je vû ſur moi lever le bras d'un traître ?

Ta tête dès long-tems n'eût-elle pas payé
Le meurtre de Phanos hautement publié ?
Ingrat, aurois-je en pere élevé ton enfance ?
Du fils de Nauplius digne reconnoissance !
Je lui sauvai le jour, il vient me le ravir.

AMENOR.

Ta haine m'épargna, mais pour mieux s'assouvir,
Pour m'accabler du jour qu'elle me laisse encore ;
Reprens ce don fatal que ma douleur abhorre ;
Délivre enfin mes yeux de tant d'affronts, de toi,
De ces fers qu'un tyran mérita plus que moi.

THOAS.

Implacable ennemi, dans ton audace extrême,
Connois-tu qui je suis ? Te connois-tu toi-même ?

AMENOR.

Je suis ce malheureux qu'a flétri ta fureur,
Qui s'ignore en effet & qui se fait horreur,
Qui te hait, te menace & tremblant à ta vûe,
Sent par mille remords son ame confondue ;
Qui voudroit t'immoler & ne leve sur toi
Qu'un œil mal assuré que tu glaces d'effroi.
D'où naissent ces combats, & ce secret murmure ?

Est-ce

Eſt-ce à toi dans mon cœur à vaincre la nature ?
Plus je te vois, & plus dans ce cœur effrayé
Le courroux expirant fait place à la pitié.
Comment m'as tu ſéduit ? Parle, dis, par quels charmes
Tu mêles dans mes ſens la tendreſſe aux allarmes ?
Ah! Devrois-je éprouver des ſentimens ſi doux ?
Je ne ſçais quel reſpect m'entraîne à tes genoux.
Où ſuis-je ? O dieux!

THOAS *à part.*

O ſang, ta voix ſe fait entendre.

AMENOR.

Que dis-tu ? Quel ſoupir ! Quel regard fixe & tendre !
Il m'étonne, il me touche, il m'attendrit pour toi :
Tu pleures, c'en eſt trop, je ne ſuis plus à moi.
Ecoute & tremble ; apprends... que fais-tu, fils barbare ?

THOAS.

Acheve.

AMENOR.

Ne crains rien, non, mon eſprit s'égare.
Quel autre ſur tes jours auroit mes droits affreux ?

Non, ſi tu dois trembler c'eſt du courroux des
Dieux.

THOAS.

Ces Dieux mêmes, ingrat, avoient ouvert ta
bouche,
Ne pourront-ils plier ta dureté farouche ?
Le flambeau du remords, bienfait de leur
amour,
Dans l'abîme, à tes pas vient frayer le retour.
Garde-toi d'étouffer cette clarté céleſte,
Pour te conduire encor elle ſeule te reſte ;
Entends le ciel, il tonne, & ſes traits vont
partir,
Mais ſa foudre s'éteint devant le répentir.
Ciel ! Thomire !

---

## SCENE IV.

### THOMIRE, THOAS, AMENOR.

THOMIRE.

OUI, Seigneur, c'eſt cette infortunée
Par l'effroi, par l'eſpoir devant vous amenée ;
Je viens, Thoas, je viens expirer à vos pieds,
Où racheter ſes jours que j'ai ſacrifiés ;

Ses jours! Eſt-il bien vrai ? Les jours de ce que
j'aime !
Jugés à cet aveu de ma douleur extrême :
Jugés par quel effort mon cœur l'a pû trahir,
Jugés ſi c'eſt à vous enfin de m'en punir !

AMENOR.

Quelle injuſte pitié, Madame, vous entraîne !
Et devant ſon ſujet humilie une Reine !
Ah ! Plûtôt excités la lenteur de ſes coups
Contre ce lâche indigne & du jour & de vous.

THOAS.

Lâche, indigne, il eſt vrai, du ſang qui t'a fait
naître,
La mort dans ton erreur ſeroit un bien peut-être.
Vos pleurs mêlés aux miens, dans le fonds de
mon cœur,
Madame, en ont aigri la ſecrette douleur.
Pour juger de mes maux il faut être moi-même,
Sans doute il eſt affreux d'immoler ce qu'on
aime :
Mais vos yeux ſont trompés & vous ne pou-
vés voir
Ni l'horreur de mon ſort, ni tout mon déſeſpoir.

THOMIRE.

Mais je vois un héros au-deſſus de l'offenſe.

Si Thoas connoissoit mes droits sur sa clémence!
S'il sçavoit à quel joug lui-même il a lié
Mon cœur pendant dix ans d'amertume noyé!
Pourroit-il au récit de mes longues allarmes,
Ne pas baigner de pleurs ses lauriers & ses armes?
Moi, qui fus élevée au milieu des grandeurs,
Moi qui devois m'asseoir au faite des honneurs,
Dans quel abbaissement, hélas! Je me suis vûe!
Esclave dans ma cour, seule, errante, éperdue:
Lasse de reclamer les hommes & les Dieux,
N'implorant que la mort qui fuit les malheureux,
Et sentant tous les coups dont des mains criminelles
Accabloient les sujets qui me restoient fidéles;
Dans la honte & les fers j'ai traîné mes destins.
Combien de fois, vers vous, ai-je tendu les mains!
Combien de fois mes cris ont fait gémir ces voûtes!
Que de douleurs!... Enfin je les oubliois toutes
A l'aspect d'un héros racheté par mes pleurs;
Mais quel sort me poursuit! Vous vivés, & je meurs,
Et c'est par vous, Thoas!

THOAS.

Ah ! moi-même j'expire,
Que m'avés-vous appris, déplorable Thomire !

THOMIRE.

Eſt-ce aſſés de me plaindre ? Il faut me ſecourir ;
Oui, plus Thoas eſt grand, plus il doit s'attendrir.
Il vient de triompher, il ſera plus encore,
Il ſe laiſſera vaincre à ma voix qui l'implore.
Si je ſupplie envain, je meurs à vos genoux.

AMENOR.

Thomire ! à quel excès.....

THOAS, *la relevant.*

Reine, que faites-vous ?
Outragés-vous ainſi votre gloire jalouſe !
Et m'aſſociés-vous aux crimes d'une épouſe ?
Le ſort les a ſervis, ne m'en accuſés pas ;
Loin de vous trop long-tems il enchaîna mes pas.
Mais ma préſence enfin eſt l'arrêt d'Antéone,
Et déja ce fantôme a diſparu du Trône.
Vous y montés, Madame, au gré de tous nos vœux.

## SCENE V.

THOMIRE, THOAS, AMENOR, PHARSAME.

PHARSAME, *à part.*

Précipitons la mort d'un témoin dangéreux.

THOAS.

Que vois-je! Quoi! Pharsame!

PHARSAME.

Il vient prouver son zèle:
Un feu séditieux dans ces murs étincelle:
S'avançant en tumulte & le fer à la main,
Des partisans obscurs de ce lâche assassin
L'appellent à grands cris & demandent sa grace.
Hâtés-vous de verser, pour punir leur audace,
Ce sang qui vous poursuit du sein même des fers.

THOAS.

Des partisans! Ce traître!

THOMIRE.

O comble des revers!

AMENOR, *à Tomire.*

M'accusés-vous aussi ?

THOAS.

Cesse une feinte vaine ;
Je ne connois que trop ton implacable haine.
Quoi ! Tandis qu'à ton sort daignant s'intéresser,
Jusques à la priere elle a pu s'abaisser :
Quand mon cœur, que pressoit un sentiment si tendre,
Malgré tes attentats étoit prêt de se rendre,
Le tien, impitoyable appelloit les secours
Que ta sourde fureur arme contre mes jours !
Qu'un soin bien différent & m'attache & m'agite !
Si tu sçavois pour qui mon cœur me sollicite !

*à part.*

( Je dois me taire encor & ne rien hasarder ).

*haut.*

Ton sort dans ce moment ne peut se décider ;
Gardes *..... Qu'on le remene.

* *Les Gardes paroissent.*

## SCENE VI.

*les mêmes*, GARDES.

AMENOR, *au milieu des Gardes.*

Ah ! C'eſt à toi de craindre,
Frémis, cruel !.... Que fais-je ? Eſt-ce à moi de le plaindre ?

THOAS.

Je craindrois tes appuis ! traître, dans un moment
Leur ſupplice ſera ton premier châtiment.

THOMIRE.

Témoins de ma douleur, vous, ma ſeule eſpérance,
Dieux, confondés le crime & prenés ma défenſe.

## SCENE VII.

PHARSAME, *seul.*

ON diffère sa mort ; saisissons cet instant ;
Appuyons Amenor du parti qui m'attend ;
Qu'il fonde dans ces lieux de sa prison ouverte,
De Thoas à lui seul qu'on impute la perte.
S'il combat sans succès ou s'il craint de punir,
L'audace forcera le sort à me servir.

*Fin du quatrieme Acte.*

# ACTE V.

*Cet acte se passe pendant la nuit.*

## SCENE I.

THOMIRE, THOAS.

THOAS.

Madame, il eſt trop vrai, tout condamne ce traître.
On a rompu ſes fers, on l'a fait diſparoître;
J'accourois, mais déja le tumulte avec lui
Dans l'ombre de la nuit s'étoit évanoui.
Tous mes ſoins n'ont tenté qu'une vaine pourſuite,
Je n'ai pu démêler la trace de ſa fuite :
Que ſa cruelle erreur doit me faire trembler !
Si je pouvois encor le voir & lui parler !
Que n'ai-je dévoilé ce myſtére funeſte !
Vous liſés dans mon cœur, juſte Ciel, que j'atteſte ?
Je voulois qu'un remords....

THOMIRE.

Non, on l'accuſe en vain;
Non, jamais ce complot n'eſt entré dans ſon ſein.
J'en crois peu l'apparence & moins encor Pharſame.

THOAS.

Un autre auroit tiſſu cette odieuſe trame!
Je percerai la nuit dont mes yeux ſont chargés;
Vos affronts & les miens ſeront du moins vengés.
Mais de quel bruit confus mon oreille frappée...

---

## SCENE II.

THOMIRE, THOAS, AMENOR, *qui ſe précipite à travers les Gardes, l'épée à la main.*

AMENOR, *aux Gardes qui veulent l'arrêter.*

QU'ON me laiſſe! A ſes pieds j'apporte mon épée;

(**Il jette ſon épée aux pieds de Thoas*).

Tiens, barbare! * Jouis de ton pouvoir ſur moi,

Outrage encor ce ſang qui ſe trahit pour toi.

THOAS.

C'eſt lui !

THOMIRE.

Lui, que le Ciel ramene & vous confie,
Qu'on oſoit accuſer & qui ſe juſtifie.

THOAS, *à part.*

Je reconnois mon ſang.

AMENOR, *à Thomire.*

Devés-vous m'applaudir !
J'ai vu mon infamie & je n'ai pu la fuir.
Vain jouet de mes vœux & toujours plus coupable,
Je ſubis de mon ſort l'arrêt inévitable.
Par des bras inconnus de mes fers délivré,
Je fuyois, de vengeance & d'amour énivré,
Quand une voix ſecrette à ma fureur contraire
A tourné vers ces lieux ma courſe involontaire
J'y viens chercher le prix de mes lâches tranſports,

(*à Thoas*).

Frappe, termine enfin ma vie & mes remords.

THOAS,

( *aux Gardes* ). *à Amenor.*

Eloignés-vous..... Ton ſort n'eſt pas en ma puiſſance.

( *en déſignant Thomire* ).

Ton juge, peut lui ſeul prononcer ta ſentence:
Mais ſi j'ai quelques droits de vous porter des vœux,
Si le ſang répandu de ce ſoldat heureux,
O Reine, à votre appui me permet de prétendre,

( *il déſigne Amenor* ).

Je l'implore; mes jours de ſon ſort vont dépendre.

THOMIRE.

Qu'oſés-vous exiger ? Quels tiranniques droits !
Quoi ! Vous me preſcririés pour prix de vos exploits,
De punir, d'égaler ma fureur à la ſienne,
De prononcer ſa mort, de prononcer la mienne !
Je ſuccombe, déja mes ſens anéantis.....
Que me demandés-vous ?

THOAS.

La grace de mon fils.

THOMIRE.

Votre fils ! Lui !

AMENOR.

Qui ? Moi !

THOMIRE.

Se pourroit-il !

THOAS.

Lui-même.

AMENOR.

Son fils ! Sans concevoir cette faveur ſuprême,
Oui, je le ſuis, j'en crois mille ſecrets tranſports,
Mes déſirs, ma terreur, ma joie & mes remords.
Pour l'atteſter, du fonds de mon ame attendrie,
A travers tous mes ſens la nature s'écrie....
Ah! mon pere ! Quel nom oſai-je prononcer !
Malheureux ! Dans ſon ſang j'ai voulu l'effacer !
Où fuir ? Où me cacher ?

THOAS.

Va, ton pere t'embraſſe,
Il pleuroit ſur ton ſort, il partage ta grace.

AMENOR.

Vous oubliés mon crime !

THOAS.

Une erreur l'a commis.

AMENOR.

J'étois votre assassin,

THOAS.

Je ne vois que mon fils.

THOMIRE.

O surprise! O du Ciel bienfait impénétrable!

THOAS.

Connoissés Nauplius & sa haine implacable :
D'un piége enveloppé de vengeance & d'horreur,
Il attendoit des coups dignes de sa fureur.
Au lieu de son fils mort, sous son nom pour ôtage,
Il me livra Phanos qu'au sein de l'esclavage
Sa mere mit au jour du bord de son cercueil.
Pour un pere abusé, quel dangéreux écueil!
Sur des prétextes vains, ressources des perfides,
Plus pirate que Roi, dans ses courses avides
Il outragea bientôt de fureur transporté
Nos pavillons flottans sur la foi d'un traité,
Tandis que de Phanos la mort précipitée

Etoit par ses soins même à ses coups imputée;
Il espéroit qu'alors, ne ménageant plus rien
Croyant frapper son fils, j'égorgerois le mien.
L'exemple des forfaits n'enhardit que le crime:
Ma gloire dédaigna cette foible victime;
Je l'attaquai lui-même, il fut encor vaincu,
Mais jamais ce torrent ne fut que suspendu;
Un vain bruit, du tiran ranime l'espérance,
Il arme, il vient saisir un sceptre sans défense,
Annonçant hautement aux Eubéens surpris,
Son piége, mon erreur, & le sort de mon fils.
Je parois, & bientôt jusqu'aux bords de l'Eubée
Je poursuis les débris de sa flotte accablée;
Des tirans détestés il y subit le sort;
L'Eubéen me le livre & demande sa mort.
Mais l'aveu solemnel de son vain artifice
Est pour lui plus affreux encor que le supplice.

THOMIRE.

O Dieux! Dieux protecteurs!

AMENOR.

Bonheur inespéré!
Par quel regret amer vous êtes altéré!
Quel nœud j'allois briser! Pour qui? Contre quel pere,
J'excitois de ma main le crime involontaire!

Dans

Dans quel gouffre de maux je courois me plonger !
J'assassinois mon pere en croyant le venger.
Je servois des Tirans, j'accablois ce que j'aime;
Je frappois tout l'Etat, je m'immolois moi-même !
Quel coup, hélas l'effroi l'acheve sur mon cœur.
Ah! pourquoi me laisser en proie à mon erreur ?

THOAS.

Ne m'en accuse pas : ma tendresse craintive
A tenu sur ton nom la vérité captive.
Après ce que j'appris du sort de ces Etats,
D'une épouse rebelle & de ses attentats,
Tout me devint suspect dans cette cour affreuse;
Mon amour y retint la clarté dangereuse
Qui pouvoit à la haine abandonner mon fils:
J'eus soin de prévenir de funestes avis:
Un serment d'Amintas enchaîna le silence.
Tu peux justifier cette extrême prudence,
Dévoile tes complots, je dois les soupçonner,
Parle, mon cœur t'attend, rien ne peut l'étonner,

THOMIRE.

Malgré sa fermeté, vous pâlirez peut-être,
A l'aspect du poignard qui sur vous va paroître.
Quel funeste devoir ! Pere! Epoux malheureux !

Ce billet dans mes mains annonce un crime affreux :
Reconnoissés ces traits.

THOAS.

Quel est ce billet ? Donne,
Que vois-je ! O trahison ! Exécrable Antéone !
Quoi ! Pour armer ta haîne & me percer le sein
Ce gage sanguinaire est parti de sa main ?

AMENOR.

Non, de la main d'un traître.

THOAS.

Et quel est-il ?

AMENOR.

Pharsame,
Son vil complice.

THOAS.

Enfin jusqu'au fonds de son ame
La fureur qui l'embrâse à fait passer le jour ;
De ses soins empressés je conçois le détour ;
La perfide affectant le bonheur & la joie
Avec quel art tantôt elle paroit sa proie !
Quelle rage tranquille & quel front imposteur !
Mais l'art ne peut du Ciel abuser l'œil vengeur.
Monstre qui secondois la nature égarée,
Tremble, pour te punir les Dieux l'ont éclairée.
Mais que vois-je ? Amintas accourt épouvanté !

## SCENE III.

*les mémes*, AMINTAS.

AMINTAS.

Seigneur, Pharſame.....

THOAS.

Eh bien !

AMINTAS.

Pharſame eſt révolté.

THOAS.

Révolté !

THOMIRE.

Lui !

AMENOR.

Ce monſtre !

AMINTAS.

Il répand les allarmes ;
Le cri des factieux ſe mêle au bruit des armes ;
Le fer, la flâme en main fondant ſur ce Palais ;
Pharſame vient ſur vous conſommer ſes forfaits

THOAS.

L'audacieux !

AMINTAS.

Venés, il en eſt tems encore,
Le pleuple effrayé fuit, mais ſa voix vous implore ;
Dès que vous paroîtrés, à vous il va s'unir,
Vos ſoldats..... Leur ardeur ne peut ſe contenir ;

Raſſemblés, menaçants, brûlants d'impatience;
Ils appellent Thoas, ils jurent ſa vengeance.

THOAS.

Je le jure avec eux ; Reine, raſſurez-vous,
Vos derniers ennemis vont tomber ſous mes coups.

AMENOR.

Ah ! je cours les punir ſur votre noble trace,
Je cours juſtifier ma naiſſance & ma grace.
Que de droits n'ai-je pas à l'honneur du danger!
J'ai mon pere, ma gloire & Thomire à venger.

THOMIRE, *à Amenor.*

Vole & reviens vainqueur, tu ſçais ta récompenſe.

---

## SCENE IV.

THOMIRE, *ſeule*

QUE fais-je ! Animons-les plutôt par ma préſence,
Et pour derniers rempart, foible eſpérance, hélas !
Oppoſons aux mutins l'effroi de mon trépas.
Qu'ils ne puiſſent franchir cette enceinte outragée
Que ſur le corps ſanglant de leur Reine égorgée.

## SCENE V.

THOMIRE, ANTEONE.

ANTEONE.

ARRÈTE, désormais tes cris sont superflus.

THOMIRE.

Quel objet!.... Mes tourmens pouvoient donc
être accrus!
Monstre, dont ma douleur fait la barbare joie!
Dans ce moment encor faut-il que je te voie,

ANTEONE.

A ton féroce orgueil ne mets-tu point de frein?
Crains des coups trop long-tems arrêtés dans
ma main.
Tes appuis vont tomber, tremble enfin pour
toi-m ême.

THOMIRE.

Et qu'ai-je à redouter dans mon malheur exrême?
Sur mon peuple avili, sur moi, sur mes parens,
N'as-tu pas épuisé la fureur des tirans?
Le glaive, le poison, tes ministres fideles
N'ont-ils pas à ton gré servi tes mains cruelles?
N'ont-ils pas sur le corps de mon pere abattu
Guidé tes pas sanglants au trône qui m'est dû?
Dans ce jour même encor poursuivant ta furie
N'as-tu pas allumé ce nouvel incendie?
Et pour t'associer un bras désespéré
Fait forcer la prison d'Amenor délivré?

ANTEONE.

Exhale ces transports d'une colere vaine;

Garants de ta foiblesse ils sont doux à ma haine:
Oui, j'ai voulu régner & pour dompter le sort,
J'employai l'artifice & je donnai la mort;
Quand tout céde à mes vœux, quand je ne dois
plus craindre,
Avec Thomire encor m'abbaisserois-je à feindre!

THOMIRE.

Ta bouche ose avouer de si noirs attentats!
Et la terre indignée & s'ouvrant sous tes pas,
Ne t'a point engloutie au fonds de ses abîmes?
Ta froide barbarie accoutumée aux crimes
S'en applaudit, les compte & veut les cou-
ronner;
Tu dictes mon arrêt & pour m'assassiner,
D'un œil impatient tu cherches ton complice:
Couple affreux, tu vas donc jouir de mon sup-
plice!
Dieux, tonnés sur ces murs, renversés-les sur
nous,
Qu'elle expire avec moi, je rends grace à vos
coups.

ANTEONE.

Cesse de reclamer les Dieux qui t'abandonnent,
Et vois leur ordre écrit sur mon front qu'ils
couronnent.

THOMIRE.

Va, ne t'éblouis pas d'un succès passager,

Le ſort doit en rougir, le ſort pourroit changer,
Et te frapper des traits que ta main me prépare.

ANTEONE.

Dans des ſonges flatteurs que ton eſprit s'égare;
Mais écoute ces cris qui s'avancent vers nous,
Vois ces feux, ces ſoldats, vois, entends ſous leurs coups
Tomber ces vains remparts, ces portes embraſées;
Vois le ſang inonder tes barieres briſées;
Ma gloire enfin t'accable & confond ton orgueil;
Diſparois à mes yeux, va, fuis dans le cercueil,
Et le cœur déchiré ſous ma main ſatisfaite,
Meurs, avec le tourment de mourir ma ſujette.

## SCENE VI.

THOMIRE, ANTEONE, AMINTAS.

AMINTAS, *à Thomire.*

Ah! Madame, fuyés vos horribles deſtins,
Dérobés votre tête au fer des aſſaſſins;
Venés, calmés l'effroi de Thoas qui m'envoye;
Son bras à votre fuite ouvre encore une voye,
Et tandis que ſon fils du peuple ſecondé
Occupe autour de lui le vainqueur retardé,

Venés, à vos Tirans sauvés leur dernier crime.

ANTEONE.

Amintas, gardés-vous d'enlever ma victime.

AMINTAS.

Je remplis mon devoir & dussé-je périr....

ANTEONE.

Ton de voir ! quand je regne, il est de m'obeir.

THOMIRE.

Moi fuir ! non, j'aime mieux, me livrer à ta haine
J'aime mieux sous tes coups tomber du moins en Reine.
Le bruit redouble, on vient,... barbares achevés,
Frapés les drniers coups que vous me reservés.

---

## SCENE VII.

THOMIRE, ANTEONE, AMINTAS, AMENOR.

AMENOR, *dans la coulisse.*

OUI, je venge mon pere en t'arrachant la vie
Meurs, Traître, & réconnois son fils à sa furi
*Amenor parolt le fer à la main.*

THOMIRE,

Dieux! Amenor!

ANTEONE.

C'eſt lui, l'ai-je bien entendu ?
C'eſt lui qui s'eſt vengé.

AMENOR.

J'ai fait ce que j'ai du.
Ce fer a ſçu ſervir & ma gloire & mon pere,
Regarde, approfondis ce terrible myſtere.

ANTEONE.

C'en eſt aſſez, Seigneur, je n'inſulterai pas
A ces reſtes ſanglants du malheureux Thoas.

AMENOR.

Tranſports que la ſurpriſe enchaînoit dans mon cœur,
Eclatez à ſes yeux, rendez grace au vainqueur
Il a vengé l'Etat, un pere.

ANTEONE.

Que dit-elle!

Et d'où vient dans leurs yeux que la joie étincelle ?
Ah ! Pharſame parois, ranime mon eſpoir ;
Qui peut le retenir ? Parle,

AMENOR.

Tu vas le voir,
Mais digne d'être offert à ton cœur qui l'implore
Approche ; un dernier nœud doit nous unir encore
Il t'attend.

ANTEONE.

Je frémis..... Otage audacieux,
De quel ton oſés-vous me parler en ces lieux !

AMENOR.

A me connoître enfin ne peux-tu te réſoudre !
Tu pâlis de l'éclair, tu doutes de la foudre !
Avance, il en eſt tems, vois cet objet d'horreur.

ANTEONE.

Me ſerois-je abuſée ? Et le traître.... O terreur ! *
C'eſt Pharſame !

* *Anteone s'avançant vers la couliſſe, voit d'un côté paroître Thoas, & de l'autre Pharſame expirant ; c'eſt dans ce point de vue qu'elle s'écrie : ô terreur !*

## SCENE VIII, & derniere.

*les mêmes*, THOAS, *soldat qui le suivent.*

*Thoas à Antéone.*

OUI, je vis & ton complice expire;
O femme trop barbare! O mon fils! O Thomire!
Que j'ai tremblé pour vous! Les Dieux m'ont exaucé.

*Il désigne Pharsame qu'Amenor a tué dans la coulisse.*

O mon fils! Dans son sang ton crime est effacé.
C'est toi dont la valeur reparant ma disgrace
Des plus fiers révoltés as terrassé l'audace;
Leur désordre, la nuit qui confondoit leurs coups,
La voix des Dieux vengeurs qui marchoient devant nous,
Ont achevé ta gloire & purgé cette enceinte
Du reste des mutins emportés par la crainte.

ANTENOE.

En est-ce assés enfin!... Lui son fils! Lui Phanos!

AMENOR.

Moi, qu'un échange affreux lioit à tes complots,
Moi, l'aveugle instrument des trames d'un perfide,

Moi, que ta rage encor poussoit au parricide,
Toujours jouet du crime & par le Ciel sauvé,
Par le Ciel, contre toi du tombeau soulevé;
Il te frappe, il te livre à l'objet de ta haine,
Tremble & baisse ton front devant ta souveraine.

ANTEONE.

Je cesse de régner, je ne crains plus le sort.

THOMIRE.

Tu fis mourir mon pere, & tu voulois ma mort
Je vais.... [illegible] un héros arrête ma vengeance.
L'épouse de Thoas a droit à ma clémence.

ANTEONE.

Jamais tes yeux sous toi ne m'auront vu flêchir.
De tes dons odieux ce fer va m'affranchir.

*Elle se saisit de l'épée de Pharsame, & s'en frappe. Ou bien elle se perse d'un poignard dont elle s'étoit munie à tout événement.*

THOAS, *courant à elle.*

Arrête... Malheureux! O Ciel vengeur du crime,
Pourquoi te falloit-il encor cette victime?

FIN.

APPROBATION

J'Ai lu par ordre de Monseigneur le Chancelier, une Tragédie, intitulée *Thomire*; & je crois qu'on peut en permettre l'impression. A Paris, ce 12 Novembre 1768. MARIN.

www.ingramcontent.com/pod-product-compliance
Ingram Content Group UK Ltd.
Pitfield, Milton Keynes, MK11 3LW, UK
UKHW021229230726
13926UKWH00003B/1326

9 782014 434880